KB196838

감성을 마시는 시간 16詩

감성을 마시는 시간 16詩

펴낸날　　초판 1쇄 2024년 11월 9일

지은이　　강수경 김미영 김복자 김선희 김은영 남궁정원
　　　　　　민병금 박경미 박미자 변숙연 이미례 임옥례
　　　　　　임혜란 정은영 정정미 차해정
펴낸이　　서용순
펴낸곳　　이지출판

출판등록　1997년 9월 10일
등록번호　제300-2005-156호
주소　　　03131 서울시 종로구 율곡로6길 36 월드오피스텔 903호
대표전화　02-743-7661　**팩스** 02-743-7621
이메일　　easy7661@naver.com
편집위원　김복자 남궁정원 정정미
창작지도　윤보영 감성시학교
인쇄　　　ICAN
물류　　　(주)비앤북스

ⓒ 2024 김복자 외

값 15,000원

ISBN 979-11-5555-234-6　03810

감성을 마시는 시간

詩

이지출판

추천의 글

캘리그라피 작가들로 구성된 '윤보영캘리랜드연구소'에서 동인 시집을 발간합니다. 이번 시집을 계기로 시인들의 시와 알려진 글귀로 캘리그라피 지도를 해 오셨던 작가들이 자신이 쓴 시로 작품 활동을 할 수 있게 되었다는 사실이 주는 의미는 큽니다.

그동안 캘리그라피 작가에게는 저작권 문제가 작품 활동에 일부 제약 요건으로 작용했던 것이 사실입니다. 그 제약 요건이 이번 동인 시집 발간을 계기로 일부 해결되었다고 여겨집니다.

동인지 발간에 참여한 작가들은 '윤보영캘리랜드연구소' 운영진들로 윤보영 시인에게 첨삭을 통한 감성시 쓰기 지도를 받았습니다. 좋은 글을 캘리그라피 작품에 담아 왔던 작가들이라 '윤보영 시인의 감성시 쓰기 공식 10'을 쉽게 이해했고 짧은 시간에 많은 작품까지 쓸 수 있었습니다.

동인지에는 '지금까지 이분들이 시를 쓰지 않고 어떻게 견뎠을까?' 하는 의문이 들 정도로 좋은 시들이 실려 있습니다. 이렇게 시 쓰기에 용기를 낸 작가들이 감성시 쓰기를 이어가서 개인 시집을 발간하고, 캘리그라피 지도뿐만 아니라 감성시 쓰기 지도까지 함께했으면 좋겠다는 바람도 가져 봅니다.

이번 동인 시집이 발간될 수 있도록 이끌어 주신 '윤보영캘리랜드연구소' 김복자 회장님과 편집을 위해 애쓰신 남궁정원 국장님을 비롯해 동인 시집 발간에 참여한 임원진 작가님, 예쁜 시집을 발간해 주신 이지출판사 서용순 대표님께도 감사드립니다. 더불어 윤보영캘리랜드연구소 회원 모두가 개인 시집을 발간할 수 있도록 감성시 쓰기 지도를 계속해 나갈 것을 약속드립니다. 감사합니다.

'이야기터휴'에서 커피시인 윤보영

차례

강수경

김미영

박미자

변숙연

이미례

임옥례

수경

대한민국여성능력개발협회 안동지부장, 예빈아트&예빈보자기 대표, 2010 사업화 아이디어 공모전 은상, 2012 한국−필리핀 현대미술 국제교류전, 2012 인사동 성보갤러러 7인전, 2012 라이히트 회원전, 2013 미국 리버사이드 갤러리 초대전(안양미술협회), 2017 인문길위에서 공예의 가치를 보다 전시, 2017 선비의 멋 천녀의 숨결 (온고지신) 전시, @ yebinart

유채꽃

어머 널
여기서도 보다니!

노란 물결 너머
손 흔드는 유채
곁으로 다가가 속삭입니다

"후훗!
이곳에
그때 그 기억을 담고
꽃으로 피우다니
고마워!"

베개

집에 오면 제일 먼저
너부터 찾지

잘 있었니?
안부도 묻지 않고
껴안기도 하지

그럴 때마다
무거운 일상을 받아들고
편안함을 내미는 너

이제
없어서는 안 될
애인 같은 너!

선물

며칠을 생각하다
콩닥콩닥
상자 속에 마음을 채웠다

곱게 포장하고
예쁜 리본까지 달고
세상에서
하나뿐인 내 마음
너에게 내밀었다

웃으며 받더니
장미꽃으로 피었다.

자작나무

산길 따라 걷다 보니
자작나무가
길을 만들었습니다

숨막히는 일상을
자기 곁에 내려놓고
하늘을 보랍니다

바쁜 일상에 가렸던
그대 웃는 얼굴이 보입니다

오늘 여기 오길
잘했습니다
나도 자작나무 심어야겠습니다.

그림

그리고
또 그리다 보니
동화 같은 일들이
눈앞에 펼쳐진다

눈을 감았다 뜨고
다시 그리다 보니
그대 얼굴이 보인다

내 안의 그대 보고
그림 속 그대 보고

둘 다
내 사랑이다.

씨앗

씨앗을 뿌렸다
다들 텃밭이 뿌리지만
나는 마음에 뿌렸다

뿌리고 난 뒤
이렇게 적었다
'그대 생각을 뿌렸습니다.'

콩깍지

지금도
그대만 보면
너무 좋아 웃음 나와요

콩깍지가 씐 듯
멀리서 봐도, 자꾸
웃음이 저절로 나와요

이러다
정말 내 안에
콩밭이 들어서고
사람들이 콩 타작하겠다고
몰려오면 어쩌죠?

주머니

쉿!!
너 주려고 넣어 뒀지
너 주면 좋아하겠지?

주머니에 넣듯
그리움 속에 넣어 두고
아직 꺼내지 못한 말
"사랑해!"

언젠가 전할 거야
지금도 연습 중인 말
"사랑해!"

달달공작소 대표, 한국예술문화캘리그라피협회 이사, 대한민국영남미술대전 초대작가, 대한민국삼봉서화대전 초대작가, 대한민국낙동예술대전 초대작가/심사, 한국국제서화대전 초대작가/심사, 제31회 대한민국서예전람회 우수, 개인전 2회 및 단체전 80여 회, 달달공작소 회원전 5회 기획 전시, 저서 :《정석 캘리그라피》출판, ⓘ daldal_8761

울 엄마

이른 새벽
군불 지피고
아침밥 해 주시던 울 엄마

학교 갈 시간 늦을까
나보다 마음이
더 바빴던 울 엄마

나이 들어 울 엄마는
아침밥 걱정 없이
즐거운 걸음으로 노치원에 간다

그렇게 울 엄마는
노치원생이 되었다.

그림

하루하루가 모여
내 삶의 그림이 됩니다

슬픈 일
기쁜 일
무덤덤한 일

바람 부는 하루
햇빛 쨍쨍한 하루
비 오는 하루…

나의 하루엔
그대가 있어야
완벽한 그림이 됩니다.

파란 하늘

하늘이 파랗다
눈물 날 만큼 예쁘다

그대가 보고 있는 하늘도
저리 파랄까?

오늘밤
별로 떠서
물어봐야지.

나의 해바라기

나의 하루를 밝혀 주는
네가 있어서 참 고맙다

바람에 흔들리는 너의 얼굴도
태양을 향해 달리는 너의 걸음도

햇살 한줌으로도
행복해하는
너를 항상 응원한다

넌 나의 해바라기야.

꽃

내 안의 그대는
별일까?
아니면 달일까?

아니
아니
그냥
내 가슴에 핀
꽃!

좋은 사람

다정한 말 한마디
따뜻한 마음 한 자락
건넬 수 있는 사람
그런 사람을 만나고 싶다

내가 좋은 사람이면
좋은 사람이 온다고 하더라

따뜻한 봄 햇살 같은
사람이 되어야지
좋은 사람이 오도록.

그대 목소리

이른 아침
창문을 두드리는 빗소리에
잠을 깼다

나를 부르는
그대 목소리 같아
기분이 좋다

일어나서 보니
그대가 맞다.

좋다

봄의 연둣빛 향기와
한여름의 소나기도

가을의 낙엽 뒹구는 모습과
겨울바람 냄새도 담긴 그대

그대가 있어
참 좋다.

7장

복자

홍익대학교 미술대학원 동양화과 석사 졸업, 개인전 9회, 아트페어 5회 및 그룹전 200여 회, 사)한국미술협회 상주지부장, 사)한국캘리그라피창작협회 상주지부장, 사)한국국제미술협회 캘리그라피분과 위원장, 한국여성캘리그라피작가협회 이사, 심사위원 다수 역임(경북서예대전, 국제서화대전, 신라미술대전 등), 작품 소장 : 중국유곤미술관, 허난성 정부 등, 한국미협, 호연지기, 홍익K아트, 신조형예술가 동인, 갤러리 샐빛 관장, 복샘아트센터 대표, 저서 : 《기부 한스푼 캘리그라피(창조와지식), ⓘ kim.bokja

잔치국수

잔칫날에는 국수
생일날에도 국수
점심에도 국수
잔치국수를 먹는다

그날처럼
잔치국수를 먹는데
육수 안으로 보이는 얼굴!

지금이야
맛으로나
시간이 없어서 먹지만
없어서, 어쩔 수 없이
국수를 먹어야 했던 시절
국수를 마는 어머니가 보인다
아, 어머니!

오늘 국수는
그리움에 담긴
엄마 얼굴이다.

사랑베개

잠이 보약이라고 한다

메밀베개
메모리폼베개
바이오베개

거위털베개
비즈베개
베개마다 자랑거리를 담고
자존심이 대단하다

그런 베개가
이 베개 앞에서
기죽었다는 사실!

당신이 내민 팔 베고
낮잠 들었던
그 사랑베개!

자작나무 숲

바쁜 일상을 뒤로하고
자작나무 숲을 걷고 있습니다

고개를 들어
하얀 자작나무 따라
하늘을 올려다보니
눈부신 햇살!

그곳에
당신이 있네요
함께 왔으면 좋을 당신!

괜찮다며
재미있게 보내고 오라며
웃음 짓는 얼굴

내 안으로 성큼
자작나무 한 그루가 들어섭니다
싫지 않게
당신 이름을 달고 들어섭니다.

어머니와 양말

낡은 양말을
문밖에 내놓았는데
천 조각을 덧대
총총히 꿰맨 어머니!

꿰맨 양말처럼
평생 동안 우리를
사랑으로 감싼 당신!

당신 사랑 속에서
지금도 잘 살고 있는
나를 만납니다

어머니처럼 되어 가는
나를.

별

별을 세느라
밤을 새운 적 있어
얼마나 많은지
다 세지 못하고 해가 뜬 거야

그런데 다행히
그 많은 별 중에
너 닮은 별을 본 거야

너는 빛나는 별이거든
그러니 내 눈에
보일 수밖에.

바다

바다는 늘
나를 위로한다

내가 우울할 때는
큰 파도로 달래주고

내가 힘들어할 때는
잔잔한 물결로 달래주고

당신이
그 바다다.

다시, 그리움

당신은 특별합니다
오랜 시간이 지나서야 만났지만
보는 내내 행복했습니다

수많은 사람 중에
당신만 보입니다
당신의 향기만 느껴집니다

오늘 다시
당신 목소리가
아침 귓가에 맴돕니다
다시 그리움이 시작되려나 봅니다.

하늘

물감을 쏟은 듯
파란 하늘이
호수 같다

그래
저 호수가
내 그리움이라면
뛰어들었을지 몰라

좋아하는 마음
그대가 알 수 있게
물들이고도 싶고.

윤보영캘리랜드연구소 고양일산지부장, 항아리 시화전 참여, 글벗문학회 캘리작가, 윤보영캘리랜드연구소 임원전 "시로 떠나는 캘리여행", 일산 호수공원 고양커피날다 전시, 2022년 서울국제아트쇼, 2023년 코리아국제아트페스티벌, 경인미술관 패브릭과 꽃의 대화 1, 2회 전시, 경인미술관 천 그림 꽃 피우다 전시, 천 위에 물든 꽃 이야기 회원전 및 개인전, 한국천아트예술협회 고양일산지부장, 한국서화교육협회 경기고양지부, 한국서화교육협회 심사위원, 한국명인명장 천아트 명장, 서희아트갤러리 대표, ⓘ seohee5533

억새

가을엔
그리움이 꽃으로 피네요

그 꽃
내 가슴에 있어요

억새를 보다가
하늘을 보다가
마음에 안 드는지
그대 얼굴을 내미는
똑똑한 가을.

그대가 복

어릴 적
어머니께서 만들어 주셨던
색동 복주머니

세뱃돈을 넣고
그해 다짐도 넣고
부모님 사랑과
무지갯빛 내 꿈도 담았지요

그 색동주머니
지금도 내 안에 있어요

지금은
그대 생각 넣고
수시로 꺼내 보게 만드는
복주머니로.

주머니

눈보라 속 추위에도
그대 주머니 속은
늘 따뜻해

엄동설한 추위에도
그대 주머니에 손을 넣으면
따뜻한 온기가 느껴져

그러다 지금처럼
사랑 온도가 높아지면
얼굴이 달아오르기도 하지만.

수국

여름 하면 생각나는 꽃
통영 여행길에 만났던 수국꽃

멀리 내려다보이는
통영 앞바다와 어울려 핀 꽃

수국꽃을 그릴 때면
늘 통영 여행을 떠올린다

그대와 나
수국꽃처럼 활짝 피었던 시간!

광목천 위에 수국꽃을 그려두고
수국꽃 옆에서
날 바라보던 그대를 찾는다.

여유

커피잔을 들고
하늘을 올려다본다

구름 사이로
빼꼼 보이는
그대 웃는 얼굴!

안심이다
내 입가에도
미소가 머문다.

기다림

울리지 않는
핸드폰만
만지작만지작

어쩜
그대도 나처럼
어디선가
내 생각을
만지작만지작.

네 잎 클로버

이른 아침
산책길에서 만난
네 잎 클로버!

꺾지 않았다
오늘 하루
누군가도 나처럼
가슴 속에 담긴
사랑하는 사람!
그 사람이
행운인 걸 알게 하려고.

바위

변함없이
한자리에 묵묵히 서 있는
바위를 보면
그대 생각이 먼저 난다

듬직한 그대는
바위 같은 사람이니까
날 바위에 뿌리 내리게 하고

자기가, 먼저
함께 있고 싶다고
고백한 사람!

캘리그라퍼 · 심리상담사, 청소년폭력예방상담사, 2017년 첫사랑 캘리그라피
회원전 태능, 2018년 글향캘리그라피 회원전 동대문구청전 외 8회, 2019년
개인전시회 '계절에 물들다', 2023 글향청주전시회, 2024년 3인3색전 천안그
리고스페셜티, 2024년 글향서울낙원갤러리전시회, 2019년 제22회 대한민국
소품서예대전 캘리부문 특선, 2019년 무궁화서화대전 캘리부문 특선, 2020년
제18회 도솔미술대전 캘리부문 입선, 🅾 ljkey55

올봄엔 사랑이 올 것 같아요

올봄엔 사랑이 찾아올 것 같아요
새싹 돋고
꽃봉오리 올라올 때
내 안에서
그대 생각 꿈틀!

올봄엔 그대 향기 가득한
사랑을 만날 것 같아요

그 사랑에 꽃이 되어
그대 앞에 수줍게 필
날 생각하고
벌써 싱글벙글!

좋은 날

예쁜 하늘이
기분좋게 만듭니다
내일도 오늘처럼
기분좋은 날이었으면
좋겠습니다

당연히 오늘처럼
내일도 그대와 함께하고
그대도, 나와 함께한다는
조건을 달고.

보랏빛 향기

친구가 편지지를 내밀며
고르라고 합니다
눈에 띄는 보랏빛 편지지를
집었습니다

편지지에 그대에게 보낼
편지를 적었습니다
슬그머니
그대에게 보냈습니다

내 안에서
그대가 받을 편지!
편지 보낸 제 마음!
빨리 읽었으면 좋겠습니다.

카페라테

라테를 주문했습니다
나뭇잎을 그리기도 하고
별을 그리기도 하고
그럼 그렇지!
오늘은
하트를 그려 주네요

내가 그대 생각하는 것
어떻게 알고.

핑크뮬리

온 세상이 핑크빛
저 속에 빠져들고 싶다
그대 손잡고
그 속으로 끝없이
들어가고 싶다
들어가다 들어가다 다다른 곳!

그곳에서
날 좋아하는
분홍빛 그대 마음
확인해 보고 싶다.

세상이 아름다운 건

세상이 아름다운 건
전혀 다른 색깔이
서로 어우러져
아름다운 세상을
만들기 때문!

그대 생각 내 생각
함께 어우러져
세상에서 가장 깊은 그리움에
가장 아름다운 세상을 만들었듯.

아침이 오는 소리

새소리에 창문을 연다
바람이 그리움을 깨운다
역시
그대 생각이 제일 앞장서서
들어온다

오늘도, 우리
둘만의 사랑이 펼쳐지고
행복하게 걸어갈 것 같은 예감!

어제처럼
오늘도 그럴 것 같다
덕분에, 그대 생각
더 많이 날 것 같다.

희망

내가 바라는 마음은
오직 그대가
내 곁에 오래오래 있어 주길 바라는
그 마음입니다
꽃인 나에게,
가슴에 향기를 담고 있는 나에게.

파티조아 대표, 대한민국여성능력개발협회 부회장/성남지부장, 윤보영캘리랜드연구소 사무국장, 개인전 3회, 초대개인전 1회, 단체전 다수, 초 · 중 · 고등학교, 기관단체, 기업 강사, 풍선아트, 페이스페인팅, 캘리그라피 강사, 이벤트 기획, 행사 진행, 행사 장식 전문 파티플래너, 저서 : 《누구나 할 수 있는 페이스페인팅》(공저, 2005), 《사랑으로 꾸는 꿈》(동인시집, 2021), 《그대를 닮은 봄》(개인시집, 2022), 《꿈꾸는 사이다》(동인시집, 2023), ⊙ partyjoa72

그대

시계처럼 팔목에
채울 수도 없고
귀걸이처럼 귀에
매달 수도 없고

눈만 감으면 생각나니
나더러
어쩌라는 겁니까?

장대비

그대 보고 싶은 마음
알았을까?

전국적으로
비가 내린다네요

그래요,
그 비
나처럼
그대 가슴에도
그리움으로 쏟아졌으면.

그림

하얀 도화지에
수채 물감으로 수수하게

하얀 캔버스에
아크릴 물감으로 강렬하게

하얀 화선지에
검은색 먹물로 부드럽게

그대 생각하다
결국 화선지를 택했다

당신
알고 보니
나에게 어울리는
부드러운 사람!

선풍기

1단을 틀어도
2단을 틀어도
3단을 틀어도
시원하지가 않다

그렇다고
더 더울 텐데
그대 생각 꺼낼 수도 없고
걱정이다, 걱정!

와이퍼

쏟아지는 비!
왔다 갔다
와이퍼가 유리창을 닦고 있다

그 비로
그대 그리워
앞이 보이지 않는
내 마음

모르는지
알면서도
모르는 척하는지.

전화

전화를 받을 때
제일 행복한 말!
여보!
세요…

전화를 받을 때
제일 황당한 말!
누구?
세요…

아니 아니
그냥
벨이라도
울렸으면 좋겠다.

촛불

어둠을 밝혀 주는
불빛이라더니

나이를
더 먹게 하는 불빛이네

후~~
불었다가
한 살만 더 먹었네

괜찮아
더 나이 먹은 만큼
더 웃을 수 있는데 뭘.

어머니

마당 가득 핀 장미꽃은
웃으면서 보내는 어머니의 일상

대문 앞 텃밭 배추는
어머니의 넉넉한 미소

옥상에 널린 빨간 고추는
어머니의 자식 사랑

그러니
우리가
고향을 생각 않을 수 없고

고향에 계시는 어머니를
그리워하지 않을 수 없다

고마워요
엄마!

요술쟁이공방 대표, 개인전 3회, 대한민국신미술대전 초대작가/심사위원, 대한민국낙동대전 초대작가/심사위원, 대한민국한서대전 초대작가/심사위원, 대한민국신미술협회 이사, 아세아국제미술협회 이사, 대한민국여성능력개발협회 구미지부장, 구미공예협회 캘리그라피분과장/회장, 한국미술진흥원 정회원, 한국미술역사관 정회원, ⓘ yosul_art

꽃밭

화려한 꽃보다
수수해도 예쁜 들꽃이 좋다

채송화, 봉숭아, 맨드라미
시골스러운 꽃도 괜찮고

그래서일까?
내 안의 꽃밭에는
수수한 꽃
그대라는 꽃이 한가득 피었다

내 가슴은
그 꽃을 심은 꽃밭!

숲

아침 일찍
숲길을 걷고 있다

매미 소리, 새소리
시냇물 소리까지
가슴에 담긴다

어제 있었던 일
오늘 해야 할 일!
말끔히 지워 놓고
기분 좋게 즐기는
이 시간이 좋다

거기다
그대 생각까지 담을 수 있으니
대놓고 좋다고 할 만큼
기분이 좋아 싱글벙글.

가을 햇살

창문을 열고
그대를 집 안으로 초대합니다

여유 한 다발 들고
찾아온 그대!

청소기 돌리고
대청소 끝날 때까지만
기다렸다가
우리 같이 커피 마셔요.

추석

고운 한복 입고
토끼가 사는 달을 향해
소원 빌던 소녀
그 소원은 이루어졌다

달처럼 둥글게
그러면서
넉넉하게 살고 싶다고 했더니
그리 살고 있다

내 소원을 들어준 달!
알고 보니
일상에서
밀고 당겨 주는 당신이었다.

가족

함께 밥을 먹으며
정을 나누고
서로를 이해하려고 노력합니다

맞습니다
식탁에 둘러앉은 가족은
밥만 먹는 게 아닙니다

먹던 밥만큼
사랑을 내어 줍니다
사랑 수만큼
나누어 가집니다.

둥지

올해도
매실나무 가지에
허락도 받지 않고 둥지 튼
비둘기!

가까이 가도
날아가지 않고
오히려
아기 비둘기 태어날 때까지만
봐 달라는 눈치!

그래
걱정 마라
나도 어미다.

풍선

알록달록
한아름 풍선 중에
유독 파란 풍선에
눈길이 간다

풍선을 불면
하늘처럼 높고
넓은 마음을 가진 그대가
내 마음에 들어와
빵빵하게
행복을 채워 줄 것 같아서.

그림

하얀 종이 위에
물감을 뿌리고
마음이 시키는 대로
붓을 휘두른다
어떤 그림이 나올까?

보나마나
당신 얼굴!
이리 많이 보고 싶은데

미안하다
생각만 했지
너무 보고 싶어
아직 해 보지 못했다.

글결캘리 대표, 대한민국미술전람회 초대작가, 한국캘리그라피문화예술협회
회장, 한국여성캘리그라피작가협회 회원, 2024 한중국제문화예술교류전 참
여, 초ㆍ중ㆍ고 직업체험교육 강사, 기업 이벤트/캘리그라피 행사 진행, 캘리
그라피 전시회 참여 및 공모전 수상 다수, ⓘ gl.gyeol_calli

꽃밭에서

그대, 내 마음에
무엇을 심어 놓았길래
이리도 향기로울까

포근한 그대 눈빛은
햇살이 되고
따뜻한 그대 말은
거름이 되어

사랑 가득
꽃을 피워 냈다

내 마음은 온통
꽃밭이 되었다.

바다를 닮은 그대

그대의 넓은 품 같은
모래벌판

부드러운 미소 같은
눈부신 햇살

심장이 터질 듯
밀려오는 파도 소리

도대체
눈을 뗄 수가 없다

이 모든 게
그대인 것만 같아서.

달의 기도

가만히 감은 두 눈에
달빛을 담고

가지런히 모은 두 손에
마음을 담아

온 세상을 다 품은 듯
포근한 빛으로
감싸 안는다

오늘 내 소원은
꿈에서라도 잠시
널 만나는 일.

풍경

괜히 웃음이 난다
별일이 아닌데도

사랑을 하면
모든 게 예뻐 보인다더니

요즘 나무와 꽃, 하늘까지
계속 내게 다정히
말을 걸어오는 걸 보면

내가 마주한 모든 풍경 속에
늘 당신이 있었군요.

너라는 숲

나무가 되고 싶어
숲으로 간다

보이지 않은 땅 속에서
서로를 보듬는
나무들이 좋아서

숲이 되고 싶어
숲으로 간다

긴 팔 벌려
온갖 비바람을 막아내고
더 넓은 그늘이 되어 주는
너른 숲이 좋아서

나는 오늘도
숲으로 달려간다

언제나 늘
그렇게 서 있는
너라는 숲이 좋아서.

여행

늘 새롭고
늘 설레는 것이
여행이라면

당신과 함께하는
모든 날이
설레는 나에게는
매일이 여행 중!

바람 기억

바람이 데리고 온
당신과의 기억들

지치고 힘든 순간들을
그리움으로 지우고
그 자리에
꽃 한 송이 피웠다

당신을 닮은 꽃
그 꽃을 좋아하는 나.

그대, 그리고 사랑

창을 열면
들어오는 바람

마음을 열면
찾아오는 사랑

오늘, 그대라는
바람을 타고
사랑이 성큼
다가왔다.

틴커벨 아트센터 대표, 국제공예문화총연합회 충남지부장, ㈜한국강사교육
진흥원 선임연구원, 평택시 평생학습센터 캘리그라피 강사, 기관 · 학교 출강,
윤보영캘리랜드연구소 이사, 문학고을 신인문학상 시인 등단, 문학고을 충청
지부 사무국장, 전국장애인감성시공모전 1 · 2회 심사위원, 전) 순천향대학교
평생교육원 강사, 백석대학교 평생교육원 강사, 국제대학교 평생교육원 강사,
저서 : 《그대 혹시 꽃으로 피었나요》, ⓞ geulseamcalli

씨앗

마음씨, 솜씨, 말씨 중에
오늘은 말의 씨앗을
마음에 심었어

햇살같이 따사로운 말
단비처럼 힘이 되는 말

고르게 주고
잘 가꾸어
그대에게 전해 주고 싶어서.

촛불

어둠을 밝히는 촛불이
내 마음도
밝혔으면 좋겠다

그 빛을 보고
그대가
멀리서도 알아보고
달려올 수 있게.

나뭇가지

오늘은
다양한 도구로
글씨 쓰는 시간

나뭇가지를
물에 적셨다

젖은 가지는
먹물 흡수를 잘해
글씨가 잘 써진다

오호
다시 보니
젖은 나뭇가지
나와 닮았네!

나도
그대 생각에 젖어야
일상이 술술 풀리니까.

내가 나에게

씨앗이 싹을 틔우려면
어두운 흙 속에서
견디는 시간이 필요하듯

너도 꿈을 마음에 담고
노력하며 기다려야 해

희망찬 미래
펼쳐질 너의 꿈!
그 꿈을 응원해.

상사화

아무도 살지 않는
시골집 화단
상사화가 피었습니다

"큰 아 왔니?"
반겨주던
부모님 사랑이 너무 깊어
떠나지 못하고
올해도 꽃으로 피었습니다.

바위처럼

비가 오고
바람 불어도
불평하지 않는 바위!

이슬에 젖고
꽃잎이 유혹해도
눈길 주지 않는 바위처럼

나도 묵묵히
이 자리에서
당신을 기다릴게요

환하게 웃을 날
생각하며
힘들어도 참아 낼게요.

너

나의 시선이 머무는 곳에
사랑이란 이름으로
언제나 네가 있었다

나의 사랑은
늘 그 자리에 머물고
그리워하는 그 자리에
항상 너라는 꽃이 피었다

그러니 내가
그 꽃을 피운
꽃밭이 될 수밖에.

빈집

바다에 물이 없으면
바다가 아니고

강에 물이 없으면
강이 아니듯

내 일상에
그대가 없다면
내가 아니다

그냥
잡초 우거진
빈집이지.

글향공방 대표, 방과후 강사, 네일아트, 미용, 페이스페인팅 강사, 캘리그라피
다수 초대전, 평창동계올림픽성공기원 세계미술축전, 예술의전당 한가람미술
관 캘리그라피 전시, 호국보훈의 달 특별초대전 우수작가상, 독립운동가 100인
어록 캘리그라피 현충원 전시, 화우붓 회원 사심만발전, 무궁화서화대전 캘리
그라피 참여작가상 지도자상 수상, 한국여성캘리그라피작가협회 특수전사령
부 특별전, ⓞ neulbom2

여름나기

덥다 더워
그래도 괜찮아
선풍기가 있으니까

아니
신바람나게 다가서는
시원한 미소
당신이 있으니까.

야자수

카페 창밖에
커다란 야자수 나무가 보인다
더위에 처졌나?
힘이 없다

그래, 어쩌면
지친 야자나무에
그대 생각을 건네면

그때 나처럼
잎이 바로 서고
금방 힘이 생길지 몰라.

부자

한 글자 한 글자
생각나는 대로
노트에 적고 보니
내 마음이 한가득

아니
그대 생각이
한가득.

장미꽃

길을 걷다
울타리에 핀
장미꽃을 만났다

반가워서 다가서다
깜짝 놀랐다

눈, 코, 입
예쁜 얼굴
꽃들이 모여
내 모습 만들었네.

소풍

오늘은 소풍 가는 날
그대와 함께
설레는 마음으로 떠난다

그대 마음
내 마음
우리보다 먼저 손잡고
행복을 만나겠다며
앞장서 간다.

안부

오늘도 괜찮으신가요?
전 괜찮아요

기다리는 그대에게
매일 안부를 전합니다

"오늘도 괜찮으신가요?"
답은 늘
메아리로 듣지만.

커피 향기

아침 일찍 일어나
커피를 내린다
집 안 가득 담기는 향기

맛을 내기 위해
커피잔에
그대 생각을 넣었다
달콤한 커피

커피도 마시고
그대도 만나고.

양말

양말에
구멍이 났다

그대 생각
너무 많이 해서
구멍이 뚫렸나?

그래,
그럴 수 있지
하지만 얼마나 다행이니
뚫린 곳이
그리움이 아니어서.

01

해당디자인아트센터 대표, (사)한국캘리그라피디자인협회 전문위원, 캘리그라
피디자인그룹 어울림 부회장, (사)한국미술협회 회원, (사)안산환경미술협회 회
원, 사람과 사람들 회원, 윤보영캘리랜드연구소 이사, 개인전 4회, 단체전 65회
이상, 경기미술대전 캘리그라피부문 초대작가, 대한민국서예문인화대전 초대
작가, 대한민국소품미술대전 초대작가, 다수 공모전 특선, 입선 수상, 안산시근
로자종합복지관 및 다수 기관 출강, 안산 KB생명 등 기업강의 특강, 안산 호동
초등학교, 시랑초등학교 캘리그라피 동아리 강사, ⓘ haedang_call

나팔꽃

나팔꽃을 보았다
엄마가 계신 요양원
나무 사이에 홀로 핀 꽃!

여리디 여려 천상 소녀
엄마를 닮았다
"걱정하지 마
엄마는 잘 지내고 있어"
덥석 내 손 잡는 엄마!

알고 보니 엄마는
나팔꽃이 감고 있는
키 큰 나무.

청소

뿌연 유리창과
아픈 그리움!

둘 다
청소해야 할 때가 있다

유리창은
닦다가
내 얼굴을 볼 수 있고

그리움은
닦다가
네 얼굴을 볼 수 있고.

글씨

나는 늘
글씨를 쓴다

어제는 귀엽게
오늘은 사랑스럽게
내일은 멋지게

글씨를 적는다
적고 보니
모두가 꽃이다

그대가 생각나
웃으면서 썼으니
꽃일 수밖에.

밤

모두가 잠든 시간
나의 감성이
꿈틀거리며 깨어난다

세상에서
가장 큰 얼굴!
어둠을 펼쳐 놓고
그대 얼굴 그리고 싶어서.

사려니 숲에서

햇살이
나뭇가지에 앉아 쉬는
사려니 숲의 오후

잔잔한 바람은
코끝을 간지럽히고
멀리서 들려오는 새소리
평화롭다

분주한
일상을 내려놓고
내 안의 그대와
함께 걷기
딱이다
딱!

꽃

그저 바라만 봐도
미소 짓게 만드는 너

너 혹시
내 가슴에 피어
널 생각나게 만든
그 꽃이니?

너에게

너는 내 삶의
기쁨이고
행복이야
네가 웃으면
나도 따라 웃게 돼

내가
나에게 말해 놓고
멋쩍어 웃는다

거울 속
웃는 내 모습
100점!

비

지금 내리는 빗방울이
그동안 참아 왔던
내 눈물일지 몰라

한바탕 쏟아지고 나면
언제 그랬냐는 듯
쨍하고 해가 뜨겠지

그 햇빛에
젖은 내 마음도
뽀송뽀송 마를 수 있어.

미리내아뜰리에 대표, 한국일요화가회 회장, 한국여성미술협회 사무국장, 한국
캘리그라피예술협회 연구원, 한국여성캘리그라피작가협회 회원, 2021년 아
세아태평양 현대미술대전 우수상(회화부문), 경기도 의회의장 우수표창(경기
도 장애인협회), 오사카 우수작가 초대전 한국미술관, 시와 함께 떠나는 캘리
여행전, 강동 모란초대작가전, 2022년 한국여성미술협회 회원전, 아우름 초대
작가 초대전, 2023년 한글길이보전하세 단체전(인사아트프라자), 교토왕립미술
관 한글길이보전하세 초대전, 을지미술관 보고느끼고감동하고 개인전, 2024년
"무궁화꽃이 피었습니다" 단체전(인사아트프라자), ⓞ mireene2016

유홍초

볼그레한 얼굴에
동글동글 눈망울
넌 어느 별에서 왔니?

담벼락에
붉은 등을 켜두고
발걸음을 멈추게 하는 너!

혹시
이 근처에서
날 기다리는 그대가
널 보냈니?

수박

아삭
수박을 베어 물었더니
부드럽고 달콤한 과즙이
입안 가득!

갑자기
그대 생각이 파도친다

그만큼 조심했는데
아차!
수박이 아니라
그리움을 물었나?

부채

해님은
미소를 짓고
땀방울은
비 오듯이 내리지만
막을 길 없네

그래
어차피
막지 못할 거라면
이 땀
그리움이라 여길래

가끔은
그대 생각으로
온도가 올라갈 수도 있겠지만.

가을

코끝에 스치는 바람이
시원한 것을 보니
이제 가을이네

그래
내 가슴에
그대 웃는 얼굴로 담기는
가을!

우리
겨울도 모르게
연애할까?

그리움

수옥폭포 앞에서
눈을 감는다
물소리가 지워지고
그대 웃는
얼굴이 다가선다

'이러다
물속에 빠지지'
서둘러 눈을 뜬다.

상비약

설렘과 떨림
불안과 초조
널 만나려면
늘 상비약부터 찾게 돼

만나고 보니
웃는 네 모습이
효과 좋은 치료약이었는데

언제 그랬냐며
얼굴 가득
웃음꽃까지 피는데.

바람

바람은 고맙기도 하고
겁나기도 하고
하지만
내 안으로
널 데리고 오는 바람은
기다림이야

바람 앞에서
춤까지 추고 싶은
신바람 말이야.

햇빛

햇빛이 없으면 어둡고
네가 없으면 외롭네

햇빛이 있으면 무덥고
네가 있으면
가슴만 두근두근

힘은 들어도
둘 다 있어야겠네.

태안토탈공예&원예, 캘리그라피 전문 소품공방 더별꽃 대표, 한국꽃캘리공예협
회 꽃캘리그라피/토탈원예지도사, 국제서화대전 캘리그라피 초대작가, 꿈길 진
로직업체험처 – 토탈원예지도사, 플로리스트, 캘리그라퍼, ⓞ thestar_flower

선물

창밖을 보는데
마주 보고 웃는
연인들 모습이 보입니다

서로에게
잘 보이려고
제일 좋은 것을 주고 싶어 했던
그대와 나
그때 우리 모습이 떠오릅니다

그런 내 생각이
그대에게 닿았는지
문자가 울립니다

무엇과도 바꿀 수 없는
귀한 선물!
당신이 보냈습니다.

숲

내 마음이
그대가 쉴 수 있는
숲이 될 수 있다면
내 앞에 보이는 산!
저 산의 나무를
모두 내 안으로 옮겼을 텐데.

돌담

삐뚤빼뚤
돌담을 보며
나란히 걷고 있는 우리

그래, 삶이
조금 삐뚤면 어때
우리처럼
행복하면 되지.

꽃밭에

꽃밭에
그대 생각을 심었다고
우와
이렇게 큰 꽃이 피다니요

그대 얼굴 닮은 꽃이
커도 너무 커서
놀랐습니다.

마음

두근두근
우와 대박!

오늘도
그대를 보며
요동치는 마음!
들키기 싫어
한 송이 꽃을 그립니다.

가장 빛나는 별

누군가의 엄마로
누군가의 아내로
복작복작 지내다 보면
잊고 지내는 누군가가 있다

그 존재만으로
가장 빛나는 별
바로, 나 자신!

포도알 사랑

알려 주지 않았는데
포도알 속에 콕 박힌 씨를
톡, 뱉는 아가
씨앗을 어떻게 알았을까?

포도알처럼
내 안에 담긴 사랑을
얼굴에 담고 웃는 아가
사랑을 어떻게 알았을까?

캘리그라피

기쁨을 더하고
아픔을 나누면서
성장까지 응원하는 너!

너는 내가
가슴에 피운 꽃!
행복꽃.

행복한 시읽기 마음시 창간호 참여, 한국문화예술협회 예술대제전 초대작가, 한국예술문화협회 미술제 초대작가, 윤보영캘리랜드연구소 이사, 한국예술캘리그라피협회 정회원, 한국여성캘리그라피작가협회 정회원, 하안4동 행정복지센터 캘리그라피 강사, 한빛아카데미 팀장, 국제문화예능협회 캘리그라피 지도사 1급, 하담길 갤러리 거리전시(2022), 하담길 갤러리 거리전시그룹전(2024), 한국서화교육협회 캘리그라피부문 동상(2024) 외 다수 수상, 그외 그룹전, 기획전, 회원전 다수, 🅾 eunyeong8654

꽃밭에서

꽃밭 앞에서
괴로움을 내려놓았다

기쁨도 내려놓고
바쁜 일상도 내려놓았다

내려놓고 보니
모두 그대 생각이었다

다시
내 안에 담았다
꽃이 더 활짝 피었다.

그리다

엄마가 보고 싶을 땐
거울을 들여다봅니다

눈, 코, 입을 따라
손가락으로 그려갑니다

손가락이 지나가는 자리마다
그리움이 꽃을 피웁니다

금방
꽃밭이 됩니다.

맥문동

흔들리며 살다 보니
꽃이 피었는지도 몰랐다

숨 가쁘게 걷다 보니
저 혼자 열매를 맺었다

안부조차 미뤄 둔 얼굴들이
동글동글 영글었다

내 안에 그대를 담고
길을 걷는 동안에.

베개

막내딸은 엄마가
참빗으로 머리를 빗겨 주면
금방 잠이 들었습니다

엄마 얘기 자장가 삼아
무릎 베개 베면
긴긴 겨울밤도
금방 아침이 되었습니다

오늘처럼
잠이 오지 않는 밤엔
자장가처럼 들려오던
엄마 목소리가 그립습니다

기억에서
살며시
엄마 생각을 꺼냅니다
펼쳐 놓고 누울
그리움도 꺼냅니다.

낙엽

바람 앞에
우수수 떨어지는 잎!

아니요, 아니요
떨어진 게 아니라
내려놓은 거예요

마음을 얻으려면
끝까지 붙들어야 하는
사랑과 달리

내려놓아야
싱싱한 봄을 맞을 수 있다는 것
나무는 알고 있어요.

꽃피는 날에는

때론 침묵조차도
넉넉한 소통이 된다.

시를 짓다

소쿠리에 밤을 담듯
그대 생각을 담는다

돌 밑도 들춰 보고
풀숲도 뒤져 보고
그러다 무심결에
그리움을 열었다

쏟아져 나온
그대 생각!
행복해서
감당이 안 된다.

돌담

너를 만나러 가는 길

날이 저물어 어두운데
서쪽에서 동쪽으로
돌담 따라 걸을 때
멀리서 들려오는 종소리!

돌담 끝에
그리운 네가 있었으면 좋겠다

보고 싶었다고
그리움을 울린다면
더 좋겠다.

국립안동대학교 미술학과 졸업 동양화 전공, 경북미협 예천지부 회원, 2024년 한중국제예술교류전 캘리그라피 경북 대표, 문학을 담은 글씨전, 한글패턴 캘리그라피 전시회, 꽃향기 나는 커피 이야기 전시 운영 및 참여, 일송 탄생 100주년 기념 캘리그라피대전 대상 수상, 현재 봄비글씨 대표, 경북도서관, 안동평생학습관, 안동도서관 등 출강 중, ⓞ bombi_gulssi

일방통행

일방통행 골목에서
서툰 운전 솜씨로
계속 뱅 뱅 뱅
나가는 길을 못 찾겠네

내 사랑도 서툴러
그대 사랑에
빠져
나올 수가 없었는데.

바람을 사랑한 나무

바람이 분다
나무는 바람에 흔들리며
춤을 춘다

우아하게 뻗은 가지는
바람이 부는 대로 흔들리며
연두색 새잎으로 인사한다

바람은 숨죽여
작은 새잎에 입을 맞춘다
사랑이 시작된다.

무지개

소나기가 지나간 창가에
무지개가 펼쳐진다

소녀는 창문을 열고
무지개에게 인사한다

무지개는 놀라
얼굴 붉히며
구름 사이로 사라지고
소녀의 가슴에는
소나기가 내린다

쏴아아
지금 '사랑중!'을 알린다.

산책길에

숲속 오솔길을 걷다가
작은 꽃을 만났다

무슨 꽃일까?
수줍음 타듯
얼굴 붉힌 꽃!

그래, 그냥
사랑꽃이라 해야겠다

아니, 그냥
내 앞에서
수줍음 타던 그대라 할까?

사랑 메모

종이 위로 삼색 볼펜이
흔적을 남긴다

까만 볼펜은
내 마음을
두서없이 써 내려가고

파란 볼펜은
내 마음을 하나둘
제자리로 옮겨 놓고

빨간 볼펜은
남아 있는 내 마음
잘 보이게 작업 중

하지만
한결같이 볼펜은
같은 마음
'그대를 사랑합니다!'

어서 오세요

문 앞에서 툭
망설이다 돌아선다
문 열고 들어오면 되는데

그냥 문 열고 들어오세요

어서 오세요
그대 사랑은
언제나 환영합니다.

풍선

들숨 날숨 모아
힘껏 풍선을 불어요
숨이 차올라 힘든데
불쑥불쑥
그대 생각이 나서
조심스레
한숨 더 불어 넣어요
내 사랑이
터지지 않게 조심조심.

못난이 인형

못난이 삼 형제
이 녀석들
울어도 이렇게 예쁜데
웃으면 얼마나 더 예쁠까?

앗, 그렇지
예뻐 보이게
나도 웃어야지.

計

해정

송율캘리스쿨 대표, 한국서화교육협회 명인명장 수여, 대한민국문화예술제 심사위원장, 충무숭모예술대전 심사위원장, 한국서화교육협회 캘리분과위원장, 한국서화교육협회 경기광주지부장, 한국예술문화협회 부회장, 한국예술문화협회 초대작가/심사위원, 한국캘리작가협회 초대작가/심사위원, 국제평화예술협회 초대작가/우수작가상, 중국문등서가협회 초대작가/최우수상, 23칭찬합시다 운동중앙회 칭찬대상 수상, 한국미술제 한국예술문화상 수상, 한국예술대전 우수상, 윤보영캘리랜드연구소 감사/경기광주지역장, 개인전, 회원전 다수, ⓘ songyule_

호수

쏟아진 별빛은
호수를 덮고
햇살은
잠자는 물결을
흔들어 깨웁니다

눈길 닿는 곳마다
그대 생각을 펼쳤더니
호수엔 온통
행복만 한가득입니다.

나뭇잎

이른 봄 너는
여린 연둣빛 새순으로
내게 왔다
뜨거운 여름을
함께 보내며
사랑을 키워 갔지
그렇게
가을이 오고
우리 마음은
익어 가기 시작했어
사랑의 크기만큼
더 붉게 물들었지
추운 겨울이 오기 전에
바람과 함께 여행하자

그리고 떠나는 거야
잡고 있는 나뭇가지는 이제
놓아도 돼!

일일초

자고 나니 바닥에
핑크빛 꽃비가 내렸습니다

밤새
사랑해
사랑해
지치도록 속삭이다
하얀 꽃을 피웠나 봅니다

아시죠?
내 가슴에
당신 생각이 그렇다는 것.

택배

주문한 것도 없는데
괜히 기다려집니다

텅 빈 현관을 보니
왠지 서운한 마음!

당신도 그런가요?
그럼 제가
큰 상자에
제 마음 담아 보낼 테니
주소는요?

도토리

톡, 톡!
도토리 떨어지는 소리
들어봤니?

그리움 끝에
매달아 놓은
보고 싶은 마음이
"사랑해!" 하며
생각 속에
뛰어드는 것 같거든.

연꽃

연꽃을 보다가
깜짝 놀랐어
수줍게 미소 짓는
네 얼굴을 보는 거 같아서

그러다
안심을 했지 뭐니
네가 연꽃이면
내 가슴은, 그 꽃을
담고 있는 연못이니까.

그림자

새벽 등산길
거친 호흡에
한발 앞서 걷는
그림자 하나!

손잡고 끌어 주는
그대 같아서
호흡을 멈추고 바라본다

잦아든 숨!
어느새 곁에 와 걷고 있는
내 그림자.

당신

어디선가
익숙한 향기가 스며듭니다

곧 초인종이
울리겠네요

마음에 달린
초인종을
먼저 누르는 당신!

문이 열리고
당신이 들어섭니다
꽃으로 옵니다.

《감성을 마시는 시간 16詩》 발간을 마치고

윤보영캘리랜드연구소 임원들에게 시를 배울 수 있는 기회가 왔다. 이 기회를 꼭 부여잡은 행운의 16인은 바로 우리!

우리는 2019년 333항아리캘리 행사를 하면서 윤보영 시인님과 처음 인연을 맺었고, 임원 활동을 하며 크고 작은 행사의 주인공이 되어 행복한 시간을 보내고 있다.

이 동인지의 시는 각자 대부분 일상생활에서 소재를 얻었고, 캘리그라퍼로 활동하면서 접했던 시들을 기본으로 수업시간에 배운 시쓰기 공식을 활용하여 본인의 생각과 느낌을 담아 한 줄 한 줄 써 내려갔다.

시집 내기를 망설이는 임원들에게 두 번째 시집을 준비하는 남궁정원 사무국장과 박미자 이사의 시쓰기 경험담과 할 수 있다는 동기부여로 힘을 얻게 되었다. 무엇보다 윤보영 시인님의 격려 말씀에 용기를 내어 모두 한마음 한뜻으로 동인 시집을 만들어 낼 수 있었다.

바쁘신 중에 이렇게 귀한 배움의 기회를 주신 윤보영 시인님께 다시 한번 감사의 마음을 전한다.

"내가 적은 시에 캘리그라피라는 멋진 옷을 입힐 수 있는 시간이 오다니…" 너무나 행복하다.

강수경, 김미영, 김복자, 김선희, 김은영, 남궁정원, 민병금, 박경미, 박미자, 변숙연, 이미례, 임옥례, 임혜란, 정은영, 정정미, 차해정 16인이 동인 시집을 시작으로 개인 시집으로 다시 만날 날을 기대한다.

함께 도전하고 응원해 준 윤보영캘리랜드연구소 임원들에게 다시 한번 감사의 마음을 전한다.

《감성을 마시는 시간 16詩》 16인 일동

감성을 마시는 시간